Achtsam**katz**-impulse für dich

40 Weisheiten aus sieben Leben

Achtsamkatz-impulse für dich

40 Weisheiten aus sieben Leben

TEXT Marcello Picone

ILLUSTRIERT VON Lim Heng Swee

Pattloch

Ein Imprint der Verlagsgruppe
Droemer Knaur GmbH & Co. KG, München

Text: Marcello Picone
Illustrationen: Lim Heng Swee
Layout: Evelyn Furuta
Lektorat und Übersetzung: Anna-Lena Prill und Katharina Hepp,
Pattloch Verlag
Satz: Sabine Albrecht
Gesamtherstellung: Toppan Leefung Printing Ltd., China

First published in English by Chronicle Books LLC, San Francisco,
California under the title "Catffirmations, Mindful Mantras to
Awaken Your Inner Cat".

5 4 3 2 1

FSC
www.fsc.org
MIX
Paper | Supporting
responsible forestry
FSC® C104723

Ich bin

vielseitig.

Ich bin genau richtig,

da wo ich bin.

Ich fühle mich **gesehen.**

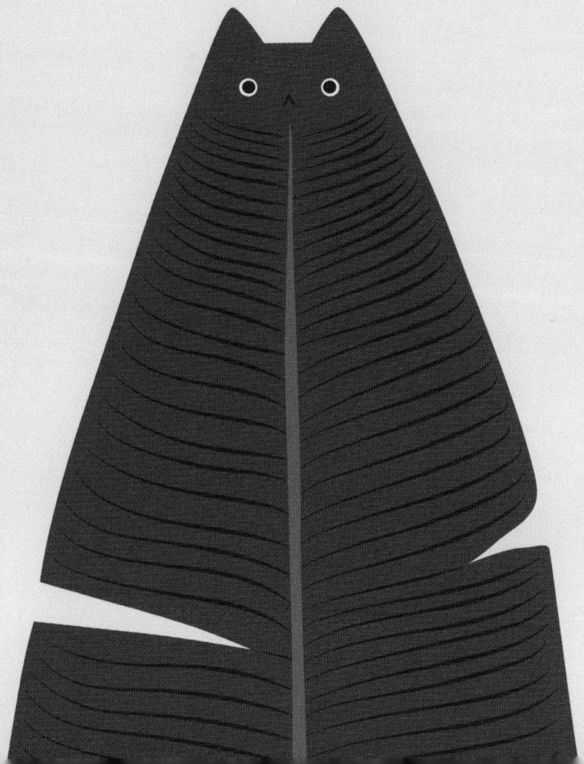

Erfüllung
kommt ganz
von selbst zu mir.

Ich bin ruhig
und selbstbewusst
und habe
scharfe Stacheln.

Nur für alle Fälle.

Ich lasse mich
einfach treiben.

Jetzt ist die

perfekte Zeit,

um den **perfekten Ort**

zu finden.

Manchmal
ist es gut
loszulassen.

Ich folge

meiner Neugierde.

Ich werde einen
Ort finden,
an dem ich
inneren
Frieden
spüren kann.

Ich reite die Welle.
Eine Welle, die sich mit
Macht auftürmt.

Ich bin die Welle.
Eine Welle, die ihren Höhepunkt
erreicht und ihre Richtung kennt.

Ich springe
aus der Welle.

Ich **erstrahle.**

Wenn du
mich nicht
verstehst,
dann muss
ich eben
woanders
großartig
sein.

Ich bin **geerdet.**

Innerer Frieden
ist nur ein
Nickerchen
weit entfernt.

Ich muss nichts
und niemandem
nachjagen, um
glücklich zu sein.

Ich bin im Fluss.
Ich bin die Ruhe
selbst.
Ich bin ein
wunderbarer
Widerspruch.

„Stress" gibt es in
meinem Wortschatz
nicht.

Zu leben

bedeutet

zu spielen.

Ich halte
ewig
durch.

Ich hatte
viele Leben.
Und alle
schätze
ich wert.

Ich kann

gedeihen,

egal wo

ich bin.

Die Hürden des Lebens
sind ein **Abenteuer**.

Ich springe voller
Selbstvertrauen hinein.

Und meistere trittsicher die Landung.

Stets **wachsam.**

Immer **achtsam.**

Ich zeige
mich,
wenn ich
dazu
bereit bin.

Ich bin die **Reise.**

Die Reise bin **ich.**

Ich bin **offen** für
die Liebe –
auf meine Weise.

Ich suche stets nach
neuen **Perspektiven.**

Ich werde wissen,
wann der
richtige Zeitpunkt
zum Handeln
gekommen ist.

Ich werde es an

die Spitze schaffen –

so wie ich das will.

Ich kann über

den Dingen stehen.

Alle Wege
führen
zur **Ruhe.**

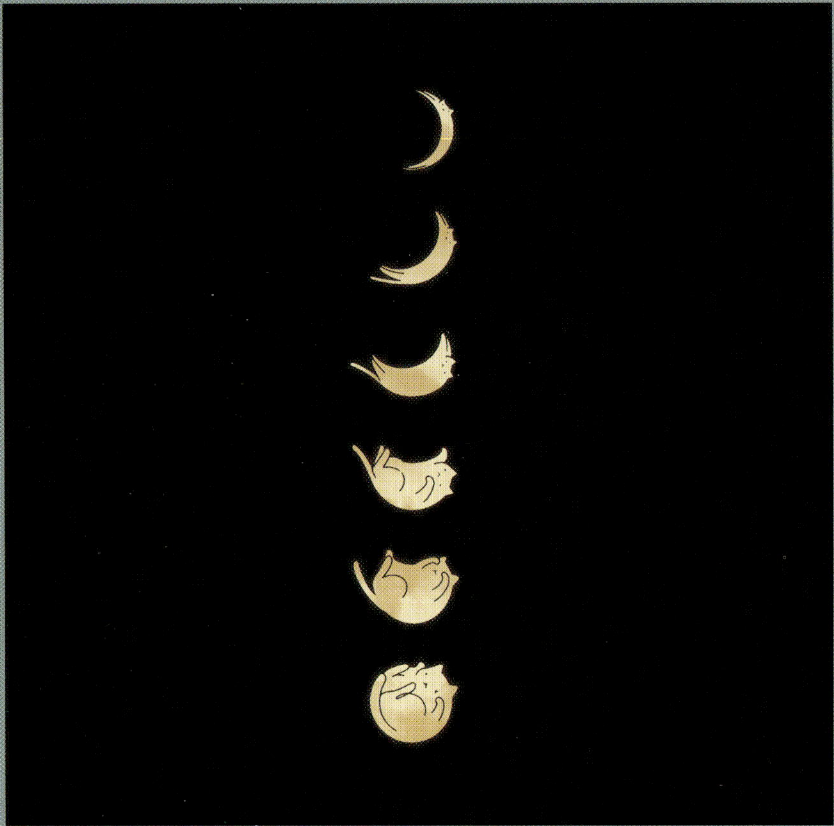

Jede Veränderung ist
eine **Chance.**

Ich **weiß,** dass ich auf meinen Füßen landen werde.

Überlasse
dich dem
ewigen Fluss
der Zeit.

Ich.

Bin.

Großartig.

Lim Heng Swee, auch bekannt als ilovedoodles, ist ein preisgekrönter Illustrator aus Kuala Lumpur. Seine Arbeiten wurden unter anderem in Readers Digest und Le Monde vorgestellt. Dies ist sein erstes Buch.